高兴抒情诗选

五边诗丛
中国当代诗歌名家系列

水的形状

高兴 著

中国文联出版社

图书在版编目（CIP）数据

水的形状：高兴抒情诗选 / 高兴著 . —— 北京：中国文联出版社，2020.12
　　ISBN 978-7-5190-4547-0

Ⅰ. ①水… Ⅱ. ①高… Ⅲ. ①诗集 – 中国 – 当代 Ⅳ. ① I227

中国版本图书馆 CIP 数据核字 (2021) 第 013213 号

著　　者　高　兴
责任编辑　刘　丰
责任校对　田宝维　王　维
书籍设计　XXL Studio

出版发行　中国文联出版社有限公司
社　　址　北京农展馆南里 10 号　邮编：100125
电　　话　010-85923025（发行部）　010-85923091（总编室）
经　　销　全国新华书店等
印　　刷　湖北恒泰印务有限公司

开　　本　787 毫米 ×1092 毫米　1/16
印　　张　12.25
字　　数　117 千字
版　　次　2020 年 12 月第 1 版第 1 次印刷
定　　价　65.00 元

版权所有·侵权必究
如有印装质量问题，请与本社发行部联系调换

前 言

高兴抒情诗选

仿佛自己奖励了自己一份礼物

前言

严格说来，我的诗歌写作同一次事故有关。那是2006年4月，在井冈山参加红色之旅时意外受伤。疗伤的日子里，躺在床上，容易胡思乱想，也容易忧伤迷茫。于是，索性尝试着在脑海中构思诗歌，尝试着用诗歌表达当时特别的心境。最初的诗歌大多与疼痛、孤独和时间有关。就这样，诗歌写作，成为我抵御疼痛、面对孤独、面对无边的时间的最好方式。而随着时间的推移，具有疗伤意义的诗歌写作竟成了我最喜爱的生活方式，让我再也无法割舍。

有一段时间里，不停地写诗，痴迷地写诗。但我的诗歌写作，始终有客串的性质。我不敢有太大的诗歌野心，因为我深知诗歌写作的艰难。似乎人人都可以写诗。但绝不是人人都能写出好诗的。在诗歌写作上，我特别相信天才这一说法。兰波，荷尔德林，里尔克，曼德尔什塔姆，茨维塔耶娃，狄金森，庞德，斯特内斯库，李白，李商隐，穆旦，等等，在我看来，都首先是天才。写诗，是一回事。写出好诗，则是另一回事。而要写出好诗，简直太难了。明知艰难，但我依然坚持诗歌写作，因为它能提升我的语言和艺术感觉，还能擦亮我看待人生和世界的目光，客观上，又能丰富我的内心表达。有诗歌写作经验，再写散文，或者再做文学翻译，也就会更加讲究语言、更加注重节奏、更加有意识地捕捉和维护字里行间的气息和韵味。

我其实更喜爱散文写作。诗歌写作，总是让我感到某种紧张和焦虑，总是让我难以放开。诗歌写作中的我真挚，伤感，执着，但并不可爱。而散文写作，则让我感觉自由，放松，愉悦，能一下激活我，让我有一种兴奋感，仿佛孩童突然发现了一大片游戏的天地。诗歌写作中，我不太会处理细节。而散文写作中，我最愿意倾心挖掘和拓展的恰恰是细节和瞬间。然而，诗歌写作无形中极大地促进了我的散文写作。我的散文中对诗意和韵味的看重，呼吸般的节奏，恰当的空白和跳跃……都得益于诗歌写作。相对于散文写作，诗歌写作，于我，更像是个意外，是个惊喜，仿佛自己奖励了自己一份礼物。

我的诗句大多来自阅读、行走、对话和感悟，带有浓重的时间和空间的痕迹。有人认为我是一位唯美的写作者，也有人说我是一位浪漫的性情中人。在我自己看来：写作是一种宣泄，也是一种表达，可以表达内心的种种情绪、感受和思想；写作更是一种对话，同自我、同生命、同世界的深刻对话。这样的宣泄、表达和对话，不仅让个体生命更加真实、丰富、饱满和精致，而且使我们有可能从单调和灰暗的日常中发现和提炼出诗意。因此，写作说到底是一种内心需要，具有私人性质。当然，它还是一种有效的记录，一种挽留时光的努力。我就常常借助诗句回到童年和少年，回到往昔。

阅历，或生活，对于诗歌写作，意味深长。我所说的生活，既是外在的生活，又是内在的生活。往往，内在的生活，更为关键。我不太相信所谓的灵感，而是更看重一些瞬间，瞬间的一个念头，瞬间的一个画面，瞬间的一个句子，瞬间的一缕情绪，甚至瞬间的一个姿势，瞬间触动，于是，感觉和文字涌上心头，诗歌就会找上门来，那时，写，便是自然而然的事了。起初，我的作品一旦完成，便不加修改。但后来，我越来越倾向于不断修改，与其说是修改，不如说是丰富和扩展。先锋作家刘恪说过，每个词都有其固定的位置，而写作者就是要让每个词抵达它自己的位置。词语到位，作品也就有分量了。因此，掂量，打磨，沉淀，甚至嗅嗅听听摸摸看看，然后，再修修补补，都是十分必要的。但我想特别强调的是，这一切都要做得不留痕迹，自然而然。这就要看你是否修炼到家了。这是在说文学写作，也是在说诗歌写作，也是在说文学翻译。

无论如何，文学写作，诗歌写作，文学翻译，已然成为我人生的共同体，已然成为我一直在走，也会一直走下去的道路。

写到一定程度，就会感到停顿的必要，间歇的必要。我就时常停顿，或者间歇。因此，就极佩服那些从不停顿或间歇的写作者和翻译者。停顿，间歇，出去走走，看看，或者沉浸于阅读。而阅读绝对是写作必要的滋润。英国作家卡内蒂断言："没有阅读的混乱，诗人就不会诞生。"优秀的作家几乎都首先是杂乱的阅读者。有些甚至把阅读当作主要的生活。中国诗人多多甚至说："你读到什么份上，就会写到什么份上。"而美国诗人弗罗斯特却声称："一生只须反反复复读几本书，足矣。"问题是，我们如何最终找到那几本书呢？还是首先要广泛阅读，最终才能确定那值得反复阅读的几本书。

最高级的阅读，其实是另一种方式的写作。

写诗至今，已整整十五年有余，但总感觉自己还刚刚起步。这绝不是谦辞。必须承认，诗歌写作的不自信，恰恰成了我诗歌写作的另一种动力。我的诗句更多的是写给自己的。而这些写给自己的诗句究竟能给读者带来什么？就在迟疑着是否要编选这本诗集时，我反复地问过自己。

不敢奢求有什么启示，有什么深刻的思想，起码也该给读者美好、愉悦和温馨的感觉。而诗歌之美，词语之美，恰恰可以成为抵御灰暗现实的有力武器。那就是：布罗茨基所说的"替代现实"。

我终于陷入了惶恐，为了自己在现实面前时常的失语。再次阅读自己这些年写下的诗时，一段段时光和心境纷纷醒来，我又终于感到了些许安慰，为了自己毕竟还勉强抓住了一些瞬间，以诗歌的方式。

　　惶恐和安慰中，更要深深地感谢吉狄马加、刘恪、车前子、莫非、树才、刘锋、潘洗尘、汪剑钊、黄梵、沈苇、黄礼孩等朋友，以及所有的诗歌之友，心灵之友。这是份长长的名单。诗歌之路上，他们一直在阳光般影响并激励着我。他们始终在我的心里。

高　兴
2020 年 7 月 30 日于北京

目 录

3	时光诗絮	
5	水晶	
6	歌唱	
7	机场	
8	开端	
9	纪念	
10	遥远	
11	一米之外	
12	秋景	
13	红色之旅	
14	那一刻	
15	那么多只手	
16	心情	
17	瞬间	
18	沉默	
19	慢慢,慢慢	
21	子夜 ——读松风诗有感	
22	忽然	
23	草莓	
24	雪在飘落	
25	归来	
26	雨天	
27	夏天	
28	一天 (组诗)	
35	奔驰	
36	梦中梦	
37	地铁	
38	鸡蛋	
40	高原印记 (组诗)	
40	心里有烟	
40	水中有刺	
41	山顶有雾	
42	高处有雪	
43	边缘有光	
43	天上有冰	
44	地下有火	
46	间隙	
47	记忆,血液般流淌 ——哀悼汶川大地震中的死难同胞	

高兴抒情诗选

I

48	北川
52	今天，我不敢对孩子们说：节日快乐
53	雨，或鱼
54	水声，让我恐惧
55	状态
56	不用言语
57	与冬天有关，与冬天无关
58	雨，滴在地上
59	把你藏在黎明，风吹麦子
60	早晨，在大雾中上路
61	心绪弥漫，在这闷热的夜晚
62	深秋，那个夜晚
63	高空，或深渊
64	七月
65	九月
66	蔚蓝，或疼痛 ——看残奥会开幕式
67	变奏
68	傍晚
69	中秋
70	十月
71	画面
72	十一月 ——给松风
73	此刻
74	南京，或南浔
75	家乡
76	母亲
77	十二月
78	岁末
79	夏日即景
82	沉默：母亲
89	高原
90	雨中
91	独白
92	气候
93	风景
94	幻影
95	光线

96	六月　——给豆豆
97	湖边
98	告别
99	青岛
100	凝望与等候　（组诗）
100	公主，你转过身来……
100	你是如此美好……
101	静谧中，高处……
102	博格达，天地在升华……
103	襄垣短章　（组诗）
103	老树
103	兄弟
104	夜晚
105	潞潞
106	夜
107	词语
108	青海，青海
114	郁金香时光
115	凌晨四点
116	雪下着
117	远处
118	风景背后　——献给昭苏草原
119	虚空：哥哥
120	那些重新走近的辰光
122	子夜，雪
123	七月隐喻
125	树在走
126	冬夜，梦游
128	开化，花开的时刻
130	痛压迫着　——悼常婧
131	呼吸
132	句号
133	暗夜
134	水鸟
135	记忆
136	时间之水
137	**雾霾**

138	南湖
139	岳阳楼
140	君山岛
141	秋夜
142	豆豆没了
143	泪
144	疼痛：豆豆
146	子夜深处
147	圆圈
148	脆弱
149	天山，傍晚
150	鄂尔多斯之夜
151	在杜甫草堂，做了一个梦
152	五月
153	即景
154	角度
155	广场中央的奥维德
156	杜甫像
157	诗歌
158	风吹来那些亲人般的名字 ——重访连云港
159	第十二夜
160	清明，感谢
161	五月，在义马
165	微风吹拂的一步 ——献给庄子
166	商丘之夜
167	大运河，渐渐醒来的种子
169	七星岛湖边，那片星空
171	雷雨，片刻之后 ——给东湖
173	独唱
174	石头里藏着他们的秘密礼物——在艾青故居
176	献红领巾的小女孩——在艾青小学
177	梦中梦
179	诗人
180	雾里重庆
181	镜子前
182	布拉格即景
183	重逢
184	江南，微雨之夜

水的形状

高兴抒情诗选

时光诗絮

2004

一

美如晴朗
夏日,童年记忆中的
冰镇绿豆汤
让一天的心境清清爽爽

二

美如孤独
子夜深处的歌
隐约传来,随后又被黑暗
吞没。而水沉默,只用光
映照天空的心绪……

三

美如守候
如那些卑微的水鸟
伫立于冬季的前沿
却并未意识到,自己正在
扮演预言者的角色……

四

美如新春
妹妹笑眯眯走来
用石头剪刀布

将祝福递到我的手心

五

美如雪景
一夜之间,高处的手
遮住天地所有的污点
只让雪白替代年礼

六

美如思念
思念有时却是座断桥
就连鸟儿也只能停于此岸

残雪纷飞,有一种忧伤
无法命名

七

美如影子
是一道光,在瞬间
投向的影子
而那只手,刚要伸出
就已被太阳灼伤

我看见诗歌匆匆赶来

水 晶

一团火
燃烧了七天七夜
呈现出水的姿态

一片海
奔腾了七天七夜
以光和电的速度

一个故事
讲述了七天七夜
充满密码般的情节

一名孩童
幻想了七天七夜
为了成为最伟大的俘虏

歌 唱

在幽暗中，在雪
始终没有飘落的冬天
旋律回荡
可礼堂已经空空荡荡

歌者，站在舞台中央
索性闭上眼睛
继续歌唱
仿佛在为自己而歌唱
或者，在为歌唱而歌唱

谁知道他的柔情
他的期盼，他的失落
他内心深刻而又无言的忧伤

机　场

从城市的两头
他们赶往同一个方向
一位去迎接
另一位去送别

这是雨后
同一片放晴的天空
同一条闪亮的马路

只不过
他们将车
停在了不同的地方

一楼之隔
让他们体味
机场的充实
和空虚

开 端

2004

拉开窗帘
雪,无边无垠

一只手伸出
不得不的道路
终于找到不得不的方向

你抬起头
在光中眯缝起眼

而忘记的水
让杯子
有了最最芬芳的形状

纪 念

真是奇妙
又触摸到了诗
这丢失在上个世纪的手艺
竟在一夜间被你捡回

就连目光也有了活力
洞穿，雕琢，提炼
让花变成花开
让水变成水流
让鸟的翅膀
插在大地和江河的胸膛

禁不住的绿
逆着时光曼舞，歌唱
行路的人，一步步走向童年

遥 远

2005

那么的遥远

遥远得失去了支持
隔着山和水
隔着两个季节

点点滴滴中
一只缺氧的手
陷入惊慌的印记
不知栖落在哪片荒滩

时间，空荡荡的

空荡荡的时间里
是谁，发出一声又一声的回音

一米之外

一米之外
纵然背影
也让你有
回头一笑的幻觉

一米之外
纵然石头
也终会在凝视中
发出替代言语的叹息

一米之外
气息总在透露
宁静，波动，起伏
点点滴滴，隐隐约约
以春天的最有力的方式

一米之外
那男子伸出手的刹那
又忽然轻轻地抽回

秋 景

牛奶飘香的早晨,
麦地,小溪,鸟鸣,
新鲜的太阳挂在
湛蓝的天空。

总还缺点什么,
总还缺点什么呀,
这十月的山村。

一个男子毅然
走上田埂,
他投向远方的目光
在上升的风中
散发出温暖的气息。

有只鸽子飞来,
在他耳旁轻轻说了几句。
男子笑了,
他的笑容成为
这景色中
最最动人的细节……

红色之旅

停顿 2
速度的最高阴谋 0
那么突然，凶猛 0
泥做的肉身怎能防范 6
于是
断裂的肋骨
背负起云背负起风
背负起千里的江山万里的长夜
水，在远处流淌

红色之旅中
疼痛的黑
给时间抹上了鲜明的紫

那一刻

那一刻
疼痛统领着一切
喘息，咳嗽，细微的颤动
甚至远处的水声
甚至眼前的光芒
那一刻
疼痛就是疼痛
或者说，疼痛就是世界
世界就是疼痛
记忆腾空所有地方
只为了疼痛，这无礼的君王
那一刻
打击与拯救竟在同时进行
存在之线，脆弱，失语
却被疼痛照亮，这伟大的疼痛啊
让紫花地丁盛开在山顶
弥散烂漫的意韵
那一刻
疼痛在言说，我只能倾听……

那么多只手

疼痛中
那么多只手伸来
柔软，生动，坚定的水
那么多只手
将时间一点点打碎，捂暖
变得可以忍受
那么多只手举起
无边的光
照亮回城的路
疼痛中，我行走的步子
在倾听三色堇的韵律

心　情

再次醒来
在夜的中央
或许，你根本没有睡去
伸出手，依然是疼痛
它忠诚的陪伴
让时间无话可说

此刻，声音传来
蔬菜和水果已经上路
城市终于有了动静
天，一点一点亮了

瞬 间

一切都在瞬间发生

最初的微笑

最后的背影

你究竟能抓住什么

跨越海洋的情感

在时间面前

同样不堪一击

一个永远的伤口

嘲笑你的痴顽

但我还是忍不住

忍不住向天空伸出手臂

总得触摸点什么

云的影子，山的呼吸

鸟儿洞穿蔚蓝的曲线

当那个名字

雪花般飘舞时

我甘愿被虚无吞噬

沉　默

那么，我只能沉默
夜让夜本身失去了形容
水在屋顶演奏
冷风吹动，时间的笑
从阳台传来，温柔中藏着疼痛
不，就连疼痛都值得怀疑
存在总在一米之外
哪里还敢谈论什么虚无

关上窗户吧，别再迟疑
难免的怯弱无意间
会成为最大的英勇，就像鱼
就像树，就像花的背影
就像光的微笑
这世界有太多的东西
超越言语，你只能沉默

慢慢，慢慢

瞬间之后
一切陷入缓慢

慢慢地躺，慢慢地起
慢慢地吃，慢慢地喝
慢慢地动，慢慢地停
慢慢地看，慢慢地想

慢慢，慢慢

慢慢伸出一只胳膊
慢慢抓住另一只胳膊
那只胳膊慢慢等你
姿态有着说不出的优美

慢慢，慢慢

慢慢转过身子
目光慢慢落在那束花上
送花人此刻正在赶路
不知何时才能回到家中

慢慢，慢慢

当世界变成一间屋子
当时光变成一个伤口
唯有慢慢慢慢的
你才不会再伤着自己

慢慢，慢慢

慢慢抬起头来
竟看到了豆豆眼中的柔情
豆豆是家里忠诚的小狗
她一准明白发生了什么

慢慢，慢慢

你慢慢对亲友说：
祝——福——你——们！
吐字从未那么清晰
语调从未那么柔和

慢慢，慢慢

黑夜慢慢消逝
天空慢慢敞亮
你慢慢发觉，除了疼痛
还有那么多其他的滋味

慢慢，慢慢

我在慢慢写着这首诗
这首诗需要慢慢地写
……

子 夜
——读松风诗有感

　　　　　　　　　　　　　　　　　　2
子夜　　　　　　　　　　　　　　　　0
辽阔的静　　　　　　　　　　　　　　0
影子敞开的秘密　　　　　　　　　　　6

水醒来
朝向天空流淌
星星湿润的手
让时间转过身来

蓝的深处
一滴雨在舞动
隐隐约约中
那湖边的女人
已系上洁白的丝巾

忽 然

2006

忽然
就想出去走走
橘红的傍晚，水声灿烂
时间被热浪缠绕
水果味的冰棍里
多多少少流露出一点秋天

忽然
就想听听王菲
空气的女人，面具闪烁
红豆点亮的舞台
我愿意，我愿意
所有的爱情原来都在她的歌中

忽然
就想抱抱豆豆
金色的宝贝，不管我说些什么
她都会轻轻地摇摇尾巴
仿佛要再三告诉我
这世界，其实她最最懂我

草 莓

草莓 20

在天上熟了 20

蔚蓝中的红 26

确立一个季节的滋味

风吹动

铃铛的呼应

眼睛，耳朵，和嘴唇

纷纷做起了梦

童年，水的童年

时间的手

要为你采撷

雪在飘落

2007

射向天空的光
刺痛睡眠中的眼
我不知所措

而雪在飘落

射向天空的光
让一切失去了形体
我沉默
并为风哭泣

而雪在飘落

射向天空的光
击破云层,照亮
绝对的蓝
我只好伸出手
只好用水的方式
触摸不可挡的上升

而雪在飘落

归 来

归来,只是一副药,一个眼神
梦后依然的颤栗,只是起来

走到窗前,吸一口早晨的空气
只是一杯牛奶,两个煮鸡蛋

触摸紫罗兰的手紧握着那句话
遥远忽然清晰,只是水露出

坚定的笑,歌唱来自歌唱本身
琵琶不得不沉默,只是念头

被光照亮,又照亮光,总也
挡不住,只是望着天一点点放晴

然后对自己说:该出门走走了
归来,只是一秒钟完成的姿势

2007

雨 天

不断的雨
让时间有了重量

一本书，一壶茶
找到了它们
最最适意的位置

文字和热气中
冒出的目光
总在望着窗外

唯一的女人
从天上走来
铺天盖地，密密麻麻

夏 天

眨一眨眼
夏天过去了
在灯绳和书页之间
迟疑的手已经无法迟疑

豆豆在叫，一些碎片，几张便笺
什么也没写，空荡荡的
什么也没来得及写
白的纯净和晕眩
像七月正午的太阳

唯有水的幻觉
让你潦草地相信了季节的真实
没有根本的真实，超越一切的笑
总是浮在空中
时间和梦
就在这上上下下中摇来晃去

一 天（组诗）

2007

一 天

咖啡
还没煮开
天就大亮了

稿子翻开的瞬间
轮廓成为细节

走廊里
总有什么动静
让我一次次抬起头

那道门说关就关
不知道谁在深夜哭泣

一 天

歌声中
沉默荡漾
坚守不变的韵律

这里，那里
这里或者那里
沉默荡漾
坚守不变的韵律

空气和水
空气和水之间
沉默荡漾
坚守不变的韵律

羽毛飘动
羽毛飘动的时刻
沉默荡漾
坚守不变的韵律

正是午后
他独自坐在歌声中
坐在这里，那里
坐在空气和水之间
坐在羽毛飘动的时刻
让沉默荡漾
坚守不变的韵律

一 天

起风了
时间被卷入一个个漩涡

想象中的面包
和牛奶
让凌晨有了热量

你取出两件棉袄
一件穿在身上
另一件放进包里

楼下
长途车司机
已是第三次摁响喇叭

2007

一天

清香怡人
这冬日奢华的姿态
仿佛盐和面包
在时间深处举行典礼

水，被点燃
空气中，女人发出召唤
唯有奔跑，才能让旗帜飘扬
唯有火焰，才能响应蔚蓝

这沙滩无边的梦幻
仿佛手和笑容
在大海内部留下印记

一天

于是
就沉默
一月柚子茶的沉默
在风中波动
在光中行走
苦守不得不的节奏
沉默让沉默晕眩

沉默让水晕眩

暖和起来的时间
推开房门
用花开向耕种者致敬

2007

一天

于是
就等待
子夜花吻的动静
在梦中回旋
在非梦中蔓延
穿过一道又一道门
等待让等待颤栗

等待让手颤栗

忽然醒来的天空
拉开帷幕
用闪烁重新为季节命名

一天

于是
就想象
三月榕树的蓬勃
在雨中生长
在海边守望

背离所有的形容
想象让想象摇曳

想象让酒摇曳

渐渐远去的身影
陷入夜色
用朦胧给时间留下惊慌

一天

于是
就迷失
凌晨拥堵的心思
在枕边喧闹
在远处寻觅
拒绝时间的阴谋
迷失让迷失哭泣

迷失让眼哭泣

没有答应的小路
拐进山后
用中断给行者指引方向

一天

断不了的念想
在大麦茶和啤酒中

找到形容，旋律响起
词语总被颠覆
歌唱获得另一种姿态

兄弟，让我们举杯吧
为正午，也为夜晚
为欢乐，也为孤独

阳光照在米粒上
风，在海边吹动着长发

一天

冰与水
光与影
时间流动
界限在哪里

鸟儿伫立岸边
头在光中
身在影里
它凝望着冰与水
兴许也在发问：
界限在哪里

一天

一路上
所有人都神色慌张

所有人都朝着不确定的方向

一路上
车轮磕磕碰碰
雨，停在半空
五毒俱全的召唤
让玫瑰花瓣
有了最最生动的表情

一路上
手总在挥动
心思冲破章法
而世界
就在门和窗的开启中
露出它从未露出的样子

一 天

此刻
还不如沉默
像水，任风轻轻吹拂
还不如起身
像足迹，顺应山与水的呼吸
打通那边界，让时间穿越
还不如凝望
高处的红，更高处的蓝
花市已经开张，节日就要来临
还不如挥一挥手
像春的暗示，在夏的门槛舞动

奔 驰

奔驰中
那个女人
一只手握着方向盘
另一只拂了拂
长长的黑黑的披肩发
橘黄的毛衣
点缀着白净的脖颈
眼睛闪烁
照亮了前方的路途

整个世界在这
迷人的侧影中晕眩

忽然
车窗摇了下来
一口吐沫
从她的嘴里飞出
问候般
划了道优雅的弧线
飘落在
两个行人的中间

梦中梦

女人
拉上窗帘
朝我转过身来
一件一件褪去衣裳
露出饱满的乳房
光，溢满房间
水开始荡漾

这，当然只是梦

女人
拉开窗帘
朝我背过身去
一步一步走向远方
遗留模糊的气息
手，还没伸出
雨已经落下

这，当然只是梦中梦

地 铁

那女子
走在地铁车站
摩登,骄傲,不容亲近

我望着她
茫然而又忧伤
不敢有任何想法
冷酷的美人
多么优越
仿佛在画中,属于另一个世界

我们踏进同一节车厢
拥挤让人窒息
无意间,我回过头
看到她
表情扭曲,痛苦不堪的样子

那一刻,我猛然认出
她原来竟是我的初中同学

鸡 蛋

鸡蛋，鸡蛋
早晨吃，中午吃，晚上吃
有空吃，没空也得吃
鸡蛋，鸡蛋
水煮，酱煨，油煎
吃鸡蛋能补身体的
尤其在断了肋骨之后
哦，这日夜的鸡蛋
这时刻的鸡蛋
鸡蛋在梦里滚动
鸡蛋在空中飞翔
圆的鸡蛋，方的鸡蛋
柔软和坚硬的鸡蛋
形而上和形而下的鸡蛋
鸡蛋在厨房
在客厅，在书房，在阳台
在对你微笑，在向你招手
餐桌上的鸡蛋
茶几上的鸡蛋
枕头边的鸡蛋
鸡蛋，鸡蛋
鸡蛋脱去朴素的衣裳
穿上华贵的礼服
不容易的鸡蛋
时而得到胃的青睐
时而遭受胃的唾弃
鸡蛋，鸡蛋
无限的鸡蛋

灿烂的鸡蛋

这无限灿烂的鸡蛋

这无限灿烂得让人敬畏的鸡蛋……

2007

高原印记（组诗）

心里有烟

心里有烟
燃烧，或者熄灭
水，拒绝流淌
时间低下它的头颅

草原伸出手臂
辽阔的诱惑，打动荒芜
唤醒公主湖的梦境
又让伤口在刹那开放
风躲进山谷，白桦林被冷擦亮

星空下，黑马奔驰
所有的方向都是方向
所有的方向都不是方向
此刻，此地
远处指引着远处
而道路却失去了根本

水中有刺

深夜
萧萧的马蹄
扬起旗幡，逆风奔驰
冲击岸的阶级

梦被惊醒
湿漉漉的手伸向天空
只抓住黑的影子

水中有刺
火的碎片发出尖叫
男人伫立湖边，抽泣
泪，敲响了泪
沉睡的鱼，依然沉睡

转过身
高高的战争
已在悬崖将你逼入绝境

山顶有雾

可是
脚不听手的命令
攀缘，舞动
五彩山，朝上的风
将氧气射向天空

蓝在呼吸，惊慌失色中
我与一粒尘埃呼吸
呼吸的路径
通往高不可测的无限

可是
我看不见无限
我只看见脚不听手的命令

一声声全都指向山顶

山顶有雾
雾里有我生死相依的妹妹

高处有雪

闭上眼
却遇见了诗
这中秋金黄的宿命
让道路亮出它的刀刃

双重风暴
逃不脱的晕眩
窗口抵抗着窗口
光明和黑暗同时抵达

高处有雪
纯粹的飘洒和洗礼
雨的极致，柔情在舌尖荡漾
身与心，被逼进死角
只有升腾，才能得到拯救
只有飞舞，才能融入天的境界

只有赴汤蹈火
才能摧毁铁的影子，建立梦的帝国

边缘有光

塞罕坝
挡不住的酒
让黑暗温暖黑暗
让荒芜抵御荒芜
风举起手
白桦林缓缓转过身来

边缘有光
草原一次次沉醉
男人跃上马背,呼吸
路延伸着路
远方呼唤着远方

比高更高
比芬芳更芬芳
专制的水,劫持夜
以天的方式,让中心驻扎在心中

天上有冰

疼痛
在刀尖闪烁
要命的沙尘暴
刹那间,让草原晕眩

正是子夜
风改变了方向
言语飘零,熄灭

失眠的人只好捂住胸口

天上有冰
水却渴望燃烧
白桦林,看不见山顶
摸黑的路,已丧失形容

深渊旁
颠倒的时节
举起粗壮的手,走近梦的肉身

地下有火

起风了
在超越经验的黄昏
难以抑制的手
丢弃画笔,只用水
一步步贴近夜的中央

地下有火
点燃季节的愿望
这些果实,树的舞蹈
十月金黄的奇迹

天上,蓝雨徘徊
是想象和冲动
源于风情万种的梦

那只钻石孔眼
那颗建设的泪

照亮血液和粮食
让我们记住草原，刻骨铭心

2007

间 隙

在诗与诗的间隙
让我喘一口气
给湖边的女人打个电话
就聊聊家常
天气，冰激凌，街上的见闻
反正什么都行

在诗与诗的间隙
让我找把椅子，躺下
叫豆豆依偎在我的身旁
总会有风的，只要窗户开着
总会有风的

在诗与诗的间隙
闭上眼睛
重新踏上那条路
通往喀纳斯
通往绿的山和清的水

在诗与诗的间隙
索性去做顿饭
为自己，也为家人
红烧排骨，毛豆炒丝瓜
鸡蛋西红柿汤
有谁会相信
这些简单的菜肴
竟是我生命最大的具体
最高的抽象

记忆，血液般流淌
——哀悼汶川大地震中的死难同胞

语言已经干涸
如同泪水，如同表情
如同被灾难窒息的山坡与河流

低下头，依然是废墟
依然是孩子的呼吸
微弱却又坚决，试图穿越
死的沙漠，依然是母亲

伸出的臂膀，撑住塌下的天空
依然是一只只手在扭动
要抓住点什么，一定要抓住点什么
哪怕是最后的风，哪怕是最后的光线

哪怕是最后的夏天，我也会把这一切
刻在心头，刻在梦里，记忆
血液般流淌，替代祈祷，改变生命的姿态

北 川

2008

一

北川
我走近你
仿佛心口抵住刀尖

二

语言和废墟
早已在痛中失去知觉

谎言却还在舞蹈

三

千万只眼睛,被寒冷冻伤
望不见天堂
重又落回地面

深秋,那些鲜红的冰雹哟

四

刚刚站起的身影
披着黑纱,回到故土
没能逃过泥石流的嘲弄

这双重的死亡

把冤屈埋在了更深处

死者，难以安息
生者，还敢相信什么

五

闭嘴吧
死亡的滋味
只有死亡知道

谁也无法讲述

而想象，多么可笑

六

死寂
就连呼吸都是种冒犯
更别说哭泣了

七

孩子，孩子
在这里，别轻易提孩子

天使已经死去

没有天使
时间拒绝生长
哪里会有什么天堂

八

那么多的灵魂
拥挤在地下
真怕
地面随时会被捅破

我们该怎样迈动脚步

九

山如空气
挥舞着白旗
遮蔽了光和天

空气如山
以无形的手
压迫，拷打，围剿

你无路可逃

十

牢记，会把人逼疯
遗忘，未免显得轻浮

在牢记和遗忘之间
我们如何是好

十一

可是，山顶上
那块巨石，就悬在半空
它正默默地念叨
随时都会砸向人类的头颅

2008

今天，我不敢对孩子们说：节日快乐

刮了一夜的风
说停就停了
早晨的细节被光照亮

空中，蓝衬着白云
安静却又坚定
就像那些国旗下的卫兵
天上，他们在守护什么呢

今天是六月一日，儿童节
外面不冷也不热
穿 T 恤和连衣裙的时候
水果的味道飘满街头
龙潭湖公园的大门早已打开

可是，今天
今天，我不敢对孩子们说：节日快乐

雨，或鱼

蓦然
雷电一闪
雨变成蔚蓝、透明的鱼
纷纷扬扬飘落

地球上
一些人惊慌失措
狼狈逃窜
另一些人激动不已
张开手臂

我眨眨眼，随后连声高呼：
瞧，天空在做梦！天空在做梦！

水声，让我恐惧

水声，让我恐惧
让我想起不久前那个夜晚
一滴滴被忽略的水，暗中勾结
乘虚而入，冲进了厨房、书柜和卧室
洗劫粮食，洗劫墙壁和线路
洗劫地板上所有的秩序

那一刻，我们正在王府井吃排档
正在长安街上溜达，又一组灯，又一幢楼
又一批戴红色旅行帽的游客
正在说天气不错，景致不错，漫步的好时光

打开家门，超越想象的情形：
这回，迎接我们的不是豆豆
而是河，咆哮的河，模仿长江和黄河的样子
在小小的空间泛滥
鞋漂浮着，毛绒玩具漂浮着，糖果盒漂浮着
李白、杜甫漂浮着，还有那套作品，是古希腊悲喜剧
真的是古希腊悲喜剧，还没来得及读，再也不敢读了

拿起话筒，试图寻求几位援兵
可无论拨什么号，话筒里传出的全是哗啦啦的水声

状　态

拉上窗帘
书房空空荡荡

天，提前黑了
灯一直没有打开

你低着头
被几个字缠绕

而八月的雪
在半空
已悄悄改变了路径

不用言语

不用言语，这有多好

就像天渐渐转晴

你凝视着它的蔚蓝

但不用言语

就像螃蟹的滋味

你只须品尝，喝两口黄酒

但不用言语

就像豆豆

无论悲伤或欢乐

都不用言语

顶多独自埋头静卧

或者摇摇尾巴

不用言语

这省下了时间和精力

也避免了谬误和陷阱

和茶一道坐着

和豆豆一道坐着

和月光下的影子一道坐着

听听窗外的风

想想南方的兄弟

不用言语，这有多好

与冬天有关,与冬天无关

字,一个个写上,又一个个抹去
痕迹还是留下了
雪的深处,是树,是海水
是马蒂斯的手,点燃蔚蓝的琵琶
西施在空中舞蹈

忽然,风被照亮
马群惊醒,粮食陷入想象
始终的窗口旁,渐渐升起的壁炉
用解放者的姿态
为夜晚开辟出通向远方的路途

而此时,所有这一切,已与冬天无关

雨，滴在地上

雨，滴在地上
成为两个脚印，神谕之果
仿佛毒汁和蜂蜜，同时渗透血液
彼此热爱，又相互折磨，提炼出粮食

那棵树，被酒浇灌，总在深夜暗长
挥一挥手，把天空当作了村庄
而那些叶子，像未完成的呼吸
总想要替代雪，飘舞着
融入光和根，向三月三的江南致敬

把你藏在黎明，风吹麦子

把你藏在黎明，风吹麦子
田野露出第一缕光，把你藏在树梢

星星的方向，是鸟儿的守望
是梦，反复醒来，黑夜温暖的归宿

把你藏在云端，蓝的背面，抬起眼
雨，滴滴落下，高处的冰闪烁

五月的记忆，那女孩总在等待，哭泣
呼唤一个名字，她仅剩的语言

全部的语言，倚在村口，谁能真正听懂
没有时间的路蔓延，把你藏在湖底

藏在山顶，手掌中，藏在石头的核里
水生长，柔软又坚决，一生一世的秘密

早晨,在大雾中上路

早晨
在大雾中上路
城市的面孔变得模糊
车缓缓行驶
无数的细节被一一省略

人在雾中消失
色彩和曲线在雾中消失
寂静弥漫,远方的深渊
让一切漂浮。时间陷入重围

钟声敲响
大雾渐渐散去
太阳重现,一滴硕大的泪
午后,没有红茶,只有祈祷
默默的祈祷,所有的词语都是沉默

也许,伸出手臂
就能唤醒一个姿态
六月的少女
我要你面带笑容穿过夜色

梦中的梦。梦中的风

风从窗外吹来,风从高处吹来
悠远而广阔的虚无
影子摇曳,锐利,霸道,在人类的心口留下刀痕……

心绪弥漫,在这闷热的夜晚

心绪弥漫
在这闷热的夜晚
开水加上柠檬,抵抗某种滋味
柠檬和水,柠檬和时间
时间流淌,时间崩溃
在流淌与崩溃中,你都得抓住点什么

你都得抓住点什么
哪怕是梦。梦,多好,还能做梦,多好
做同一个梦,一生只做同一个梦
伟大的虚幻,坚韧不拔,又无可救药
梦中的屋子,无法打开的窗
这可是夏天,六月已经来临,汗水浸透了梦
黑暗中,有道光渐渐亮了
轮廓和侧影,填补一个个空白
记忆在说,梦在说
记忆和梦,界线究竟在何处

琴声摇曳
水中的倒影,像那个哭泣的女孩
风从湖面吹来。雨,和泪,同时落进湖底

深秋,那个夜晚

深秋,那个夜晚
那片海滩,那只船

大雾笼罩
世界变得依稀,简单
省略掉许多细节
只剩下几点光亮,一些睡意

只剩下呼吸和水
在幽暗中舒展,流淌
提示某种气息

海,迷失在天上
淹没了星星和月亮

只剩下你,渐行渐远
似有,似无
用看不见的足迹宣布:
只剩下碎片,让时间出卖时间

高空，或深渊

高空，或深渊
角度决定地理
远方消隐，又从四面扑来

云在呼吸
水的影子伸出手
没有人烟，全是幻觉
挣扎，纠缠，语言的蛇
颠覆白天和黑夜，让时间崩溃
让一缕风吹过
你看到了山的面目

你看到了自己的渺小
那么可怜，近乎悲哀
而一生太短
用尽力气和智慧，究竟能抓住什么

七 月

闷热的早晨
心思摇曳,而雨声坚定
风在更北处吹着,难以企及

也难以描述
目光在寻找一本书
手却握着那壶茶
芬芳和晕眩,成为同一个词

而雨声坚定,站起来
打开窗户,有道背影闪过
是七月的裸体,朝着天空奔跑
仿佛太阳在爆炸

仿佛水在燃烧
让你睁大眼睛的饱满
让你怦然心动的想象
压迫种子,冲破土地的规则,而雨声坚定

九 月

果实与梦
被一场夜雨打湿
风,正好伸出他的手

空中,琴声飘溢
替代火
淡淡的,却那么坚定
仿佛水发布的命令

气候说变就变了
岁月说老就老了

猛然间,近处,远处
需要两副眼镜
才能看清这个世界

兄弟,丢开书本吧
赶紧上路
我和黄酒在海边等待

蔚蓝，或疼痛
——看残奥会开幕式

蔚蓝流淌
仿佛秋夜发出请柬

一个女孩坐在轮椅上
跳着芭蕾，手舞动
冲破梦的阶级
把星空当作自己失去的腿

泪眼朦胧中
我听见石头歌唱
我看到白马王子乘风而来
托举女孩，脚踏针尖，舞蹈
跟随生命的幻影

残酷，美
两个声音同时回荡
究竟哪个更为真实，更为强悍

那一刻
水湿润了水
火点燃了火
童话见证了童话
天与地，被酒、烟花和疼痛照亮

变 奏

蔚蓝在低语
水的丝绸，为梦
打开窗户：远方
有艘邮轮正在驶来

天空，如此的辽阔，如此的近

波浪间，太阳，泪一般
流出，绚烂，滚烫，红得耀眼
唤醒早晨，色彩，和所有的生命

忘掉城市，风，追逐着风

八月端起酒杯
你不得不醉，深刻的醉
抛弃时间，只留下手
只留下嘴唇
只留下女人的歌声
从地平线升起，融入光，融入云
用弥漫的音符告诉世界：这就是大海

傍　晚

傍晚降临
钥匙声就要响起

豆豆守在门厅
像礼兵
随时准备投入仪式

盼望和忠诚
把光染成一片蔚蓝

而秋天金黄的果实
刹那间，被阵阵欢吠
推向星星的高度

中 秋

一个硕大的句号
点在天上
闪烁着,圆润,却冷清
宣告语言的终结

而人间
欢聚刚刚拉开帷幕
诗词的浪潮
被酒浸泡,席卷古老的大地

十 月

天黑了
房子开始膨胀
排挤树木
企图收缴所有的空气

细雨中,十月
像艘巨轮,浮动,摇摆
不理睬果实的嚎叫
只载着你
在半夜时分起航

它究竟要驶向哪里

画 面

声音
紧贴着水面传来
细小,却清晰

荷,在追忆
夏天的点点滴滴
依然随风摇曳

十位游客中,有九位
匆匆走过,去看
那些或红或黄的秋叶

另一位,弯下身子
只为了系好松开的鞋带

十一月
——给松风

2008

转过身来
我看到兄弟在呼喊
光穿越夜色，风的手
挥舞一个个瞬间

你怎能离去。影子在撞击
水在颤栗。麦田在轰鸣
你怎能哭泣
白玉兰在床头致意

吃螃蟹的时节
我们坐在桂花树下
面对松林，喝着黄酒
一遍，又一遍
温习民谣和方言
一遍，又一遍，拽住童年
把城市挡在山的那边

十一月，暖和得令人伤感
记忆停滞不前
一粒米陷入想象
一壶茶敞开情怀，却总是语无伦次：

南方，兄弟；兄弟，南方……

此 刻

此刻
只剩下一支笔
孤零零的，闪着蓝光
隐藏于太空深处
抛弃所有的词
又被所有的词抛弃
犹如皇帝丢失了宫殿
那么虚弱，风一吹
就陷入晕眩
分不清低语和嚎叫
把星星当作狼的眼睛

而此刻
地球上，战争刚刚打响
第一枪……

南京，或南浔

2008

宿命的芬芳
打通子夜和午后的隔墙

妹妹站在田垄
苍鹭从湖面掠过

黄酒浸润的南浔
有只手正抚弄古琴
醒了又醉，醉了又醒

三月三，藏书楼
是什么在无意中摇曳

书生临窗静坐
和一个人谈起另一个人
泪流满面
而那时，花不断地开着
雨不断地下着
泪流满面，挡也挡不住
哪里还用得上油纸伞

家 乡

太湖
举起一杯杯黄酒
把醉当作最后的奢华

影子徘徊
难以逃脱船的手掌
梦中的少年，登上船头
呼吸，呼吸
夜色滋润想象
在小桥流水间，寻觅一线生机

季节已无界限
所有的路，都被落叶省略
风雨交加，你猛然发觉：
岁数真的大了
深一脚，浅一脚
转了一大圈，还是走不出家乡

母 亲

2008

该添衣裳了
千里之外,母亲说

这句话
母亲已说了几十年
一到秋天,就说
无论我在哪里
无论我多大年龄

像默契,又像仪式
年年,我都等着
母亲说这句话,
等着帮母亲,也帮自己
完成一项温暖的事业

每回听到这句话
我都会眼眶一热
都会忘掉所有的言语
只是不住地点头:晓得了,晓得了

十二月

雪的影子
比雪更具威力
它提前来临,渗透
各个角落,甚至敲诈天空
让鸟儿纷纷坠落

墨水冻结
文字在笔尖挣扎
风吹着,用刀刃对准门窗
你无路可逃。子夜逼近
有只手已伸进梦中

岁 末

又到岁末,漫长的停顿
就像村庄中间突然冒出一条河
而桥又不知在哪里

只能隔岸相望,让雾和影子
填充距离,只能注视
从水中捕捉痕迹,哪怕只是幻觉
可一切都在流淌
一切都朝着那个方向
只能沉默,并抬起头,省略感叹和呼唤

空中,有个声音在轻轻地说,不断地说

夏日即景

一

天空中
那个流动的王国
白得丰满
溢出蔚蓝的意思

树木在聚拢

二

走进西溪湿地
我竟激动得叫了起来

想想，真是大惊小怪
儿时，在我们家乡
这样的湿地，随处可见

三

我常常因为地名
而喜欢上一个地方
比如云南，比如青海
再比如宁波

宁波，宁波，宁波
念上三遍，你也变得温柔了
是那种有弹性的温柔

四

普希金已落户宁波
就在宁波大剧院门前

可没有几个宁波人知道

大多数宁波人只知道
那里站着大卫,光屁股的大卫

五

水在动
芦苇在动
远处的人影在动

他却一动不动
一动不动地站在湖边
看水,芦苇,和人影

六

他有点忧伤
夏日晌午的光中
他的忧伤多么像骄傲
骄傲得高过树顶
仿佛要去和云说说话

七

他其实比谁都谦卑

他小心翼翼地绕过每一棵草
每一只蚂蚁,他甚至
想向风致谢,因为风
总能让他听到熟悉的声音

他想着想着,就真的听到了
那声音,从四面八方传来
晴朗得一尘不染

八

黄昏临近,天空依然一派蔚蓝
慷慨的夏天,母亲般
为我们备好充足的光

过冬的粮食

九

不仅仅是雨声
还有花开的动静。山坡上
树和泥土也在吸纳
而那座木桥,深情的样子
像乡村少年,在雨中等候

再细细听,远处,更远处
同样是在水边,有人在说
总在说。不仅仅是雨声
还有紫和绿的倒影,让风
贴着水面,微醺,一不小心
跌进了天空……

沉默：母亲

2009

一

四月真是最残忍的月份
以闪电之手
夺走了我的母亲

二

接近正午
一切，那么突然
甚至还没来得及呼吸
还没来得及迈步
光，散布的黑色更加恐怖
让人颤栗，寒冷
瞬间，所有的道路都被封死
母亲，您去了哪里，您去了哪里

三

说好的，要回家看您
在四月的某一天
因此，就一直没打电话
想给您一个惊喜
想看您抬起头来，笑
那一刻凝聚着全部的幸福，您的，我的
全部的安慰和温暖，我的，您的
只差一天，我就能到家，只差一天啊
母亲，您一生都在等待

这一回，只差一天，您都不能等等吗

四

没想到，这一天，竟是生与死的界限
这一天，竟是诀别，竟是深渊
早晨，邻居还看到您倚在门口
仿佛在望着什么
几个小时后
连手都没有挥一下，您就站在了那头
而我站在这头
中间是无边的大雾，永恒的黑天
母亲，您为何要走得这么快，这么急

五

母亲，您走得这么快，这么急
是想念父亲吗？也许是的
父亲离世后，逢年过节
母亲都要给父亲烧纸，叠银元宝
就在几天前，还到同里公墓
给父亲上过坟，烧过香
再多的儿女也替代不了父亲
这一点我们慢慢会懂的
终于，母亲和父亲聚在了一起
父亲不再寂寞了
可我们从此又没有了母亲

六

冰冷的母亲

千呼万唤也不开口的母亲
不,不,这不是您
冰冷是死神强加给母亲的
冰冷就是死神
母亲总是那么的温暖
善良的温暖,宽厚的温暖,慈祥的温暖
母亲的字典里只有温暖

七

母亲啊,面对您冰冷的身躯
我的痛哭发不出声音
我的泪水只往心里流淌

我的沉默
被母亲的沉默压迫着
根本透不过气来
仿佛一个伤口,滴着血
开放在刀锋的山顶,冰川的峡谷
让春天所有的花朵低下头颅

八

那边一定又冷又黑
母亲,让我为您点上蜡烛
点上所有的灯盏
让我为您烧些纸
温暖您,也温暖我自己

母亲,一到秋天
您总会对我说:该添衣裳了

此刻，您自己也千万别忘了
该添衣裳啊

九

雷雨，骤然落下
击打屋顶，河面，弄堂的石子路
雷雨，来自天空
兴许会带来母亲的消息
我站在雨中，任雷雨击打，陷入幻想

十

仿佛在坚守信念
母亲从不说悲伤和痛苦
母亲只说欢乐和美好
水和石头，这就是母亲
每次打电话，母亲总是说：
家里一切都好，自己一切都好
风中之树，这就是母亲
所有的悲伤和痛苦都藏在心底
甚至连病痛都只愿独自承受
母亲的品格让我们钦佩
也让我们难过，内疚，心里充满了遗憾

十一

闭上眼，全是母亲
只有母亲，母亲洗衣裳
母亲坐在门口
母亲拎着水桶从河边走来

母亲微笑着把奖状挂在墙上
母亲给困苦中的邻居送上钱物
母亲背着受伤的弟弟一趟趟地去医院
母亲陪伴着我准备高考
在子夜时分为我端上一碗水煮蛋
母亲追着火车一遍又一遍地喊我的名字

睁开眼,世界,空空荡荡

十二

我站在灵堂中,望着母亲
母亲坐在相框里,望着我
这么的近,又那么的远
我们只好用沉默交谈
我们只好用目光相互致意

时间停顿
母亲的遗像覆盖星空。雪,穿越大地

十三

油菜花开的时候
母亲走了。泪水浸透芬芳
在彻骨的寒冷中变成冰凌
匕首般,刺伤儿女的心
母亲,您平时最体谅儿女,最心疼儿女
甚至最迁就儿女了
可这回,您却如此的决绝,毫不迟疑
我明白,您肯定把这种决绝和毫不迟疑
当作最大的体谅和心疼,最大的善

您总是怕给别人增加麻烦
总是怕给儿女增添负担
可是，母亲，对于儿女来说
您的遽然离去已成为另一种残酷
另一种重，世界最大的重

或者，另一种轻
轻得可以飘浮，像烟，像尘，像泡沫
虚空蔓延，影子伸展，我们能抓住什么

十四

清晨，送母亲上路
骤然的雾
仿佛大地披上了挽纱

要过桥了，母亲
要拐弯了，母亲
要上坡了，母亲
母亲，您一路走好，您一路走好

我的饱受苦难的母亲啊
我的历经沧桑的母亲啊
我的只知忙碌、不懂享福的母亲啊
现在，您可以安息了

十五

没有了母亲
家，被抽去了根基
南方，丧失了血脉

没有了母亲，身与心，成了孤儿

十六

用颤抖的手
再次拨通那个电话
期盼着某个奇迹会发生
铃声一直响着，一直响着，一直响着
惊醒了屋里的椅子和桌子
却再也惊不醒母亲了

十七

母亲升上了天空
还是躺在了地下，谁晓得呢
把手伸向天空，我能抓住母亲吗
把耳朵贴住地面，我能听见母亲吗
母亲，母亲
从今往后，在天地之间
我会时刻呼唤您，寻找您
不管怎样，我都相信：
母亲，和父亲一道，就在天地之间

高 原

一步，一步，登上山坡
仿佛高原上的高原
一伸手
就能触摸到天穹

仿佛一半是天，一半是地
树在云的身影里生长
天地交融
充满了神谕，却难以察觉
你不得不闭上眼睛

仿佛光在瞬间架起梯子
呼吸听从水的命令
花朵还没开放
果实已散发出芳香
星星的村庄里，雪抹去边界
黑马奔驰，一回头，便是宿命

雨 中

雨，敲击着水面
蔚蓝化为暗绿，仿佛光
微闭起眼，流露低调的表情

从夏到冬，秋天被瞬间省略

可你不能奔跑，在高原
再大的雨，你也不能奔跑
三千米，这就是天空
真正的天空，检验心跳
呼吸吹拂云朵，星星在山顶上歇息

风，穿越石头，带走了火种

索性同油菜花站在一道
同牦牛站在一道，披上棉袄
然后，挺起身，一步一步走到湖边

青海湖，浑浊和清澈
静止和汹涌，在气象中
颠覆想象，期待，所有的词语
只用变幻之手，翻动永恒的经书
让人痴迷，又令人绝望

独　白

所有的人都已离去

天空巨大的背影
投向高原
仿佛一汪泪水
在气候中变幻着各种颜色
语言的柴火，被弃置一旁

所有的人都已离去

马儿卑微的咀嚼
陷入虚无
仿佛一个镜头
用光和影呈现着万千假象
生存的底线，被遗忘摧毁

所有的人都已离去

只剩下悬崖，草，藏羚羊
空气中涌动的问号
只剩下那声音，时断时续
仿佛雨打树梢
发出最后的动静：所有的人都已离去

气　候

雨滴，持续飘落
在呼吸与呼吸之间
改变了气候
牧羊人裹紧棉袄
望着秋天的后背，举起酒瓶

青稞在回忆，油菜花在告别
牦牛在聚拢
湖水深处，鱼在追逐影子
那些天空撒下的碎片
隐约闪烁，仿佛光在哀悼
仿佛星夜在暗示，低语

兄弟，兄弟，你究竟何时归来

重新关闭的门，石头里的静
这一次，我不再回头
毅然踏上山坡
服从唯一的路径
用雪的词语，深入高原的寂寞

风 景

游客说这里真美这里真美
可土墙和青稞地
流露出另一种表情
与风景无关

光,照亮远处的山
和高处的云
独独刺瞎了近处的眼
哭泣,已找不到路径

几个孩子,赤着脚,跑进屋里
又探出身来
讲着我们听不懂的话语

此时此刻
诗歌低下头,躲到一旁,脸色苍白

幻 影

坎布拉，晴朗得如此暧昧，性感
手在抚摩，乳房却是透明的
远处的山忽然近了，贴着你的鼻子
漫步和拥抱的寂静。什么声音在响
什么词语在奔突

树林颤栗。风竖起耳朵，吹过湖面
打探时间的消息
岸边，牧民赶着羊群，加快了步伐

那只鸟，再次飞临，停在船头
望了望我，又跃上顶篷。它多么自由
扑扇着羽翼，在蓝天下闪烁
仿佛公开的情敌，剥去女人的衣衫
故意刺激我，羞辱我，让我满脸通红
恨不得立即在光中死去

坎布拉，深秋，金黄的叶子正一片片飘落

光 线

还没来得及对准镜头
那景致
便消失得无影无踪
云飘过，山顶暗淡
留下空白
秋天，带着水果的忧伤
躲进落叶

金黄，只是衰败的预兆
脆弱得经不住一场细雨
刺穿梦想
村庄在冷风中失眠
用犬吠打发一个个钟点
坐等黎明

京剧唱段中，古道敞开
太阳照常升起
仿佛又回到原始
可植物总在提醒：
赶紧走吧
光线叛变，世界早已面目全非

六 月
——给豆豆

她就这样蹲在我的身边
时时刻刻
眼睛微闭,像个逗号
点在了最恰当的地方

这是六月
气温高达三十七度
我起身,她也起身
我走动,她也走动
仿佛影子,又如光线
甜蜜的跟屁虫
摇动着尾巴,乐呵呵的样子
以为吐着舌头
就能吐掉整个夏季的闷热

我让她感到安全,踏实
而她却给了我如此的宁静和凉爽

湖 边

这一切也许只是幻觉
比星空更加遥远
时间深处的脸
梦的姿势,言语难以捕捉

就像少年偷偷爱上的
电影中的女特务
只有眼神,身段,波浪发
却永远没有名字

那么,起码今晚
让我躲在湖边,枝杈间
喘口气,端起酒杯
当个旁观者,用画面驱除追忆

告 别

把呼唤埋葬
把天空之外的景致埋葬
把手埋葬
把手指上的眼睛埋葬

让时间停滞,在一个午后
让茶杯和椅子保留原样
让香水百合转过身来
最后望一眼,就一眼
接着,砸烂它们,将它们
扔进海里

日子依旧。世界依旧
唯有鱼发现:
海底,一些碎片正在奔走

青 岛

又到海边
贝壳隐藏的记忆,刺穿海面
初冬和盛夏,原来只隔着一瓶酒
只隔着一座栈桥
是谁在说

那只船不见了
沙滩上,足迹与足迹
重叠,消磨。离别紧挨着抵达
约会又如何才能完成。是谁在说
茉莉是七月的衣裙
在蓝天中飘舞,浪涛将改变姿态

是谁在说。时间开始奔跑
晕眩模糊了视觉:
冰与火,光与影,远远看去
就像勾肩搭背的
孪生兄弟。是谁在说
白昼太短,海岸线太长,探寻者
还没来得及探寻,便陷于夜色

是谁在说。想喊就喊吧
大声地喊,或者双手合十,祈祷
雾已散去,风在为你壮胆
兴许,海的深处
帆,就是一座房子,正临空升起

凝望与等候（组诗）

公主，你转过身来……

公主，
你转过身来，用薰衣草的笑容，
将整片湖变成酒。
醉，难以阻挡。岩石哼起了歌。

在蓝色的晕眩中，
有个声音响起：
"一翻过天山，
我就成为我想是的那个人了。"

是谁在说？
诗人，远方的游客，还是博格达？

天空在缓缓转动，
云影下，那双眼睁开，
把目光投向高处：望着，
就这样望着，仿佛无声的圣旨，
让银杉林宣布：
今夜，只有火，只有水，没有黑暗……

你是如此美好……

"你是如此美好，
望见你，仿佛望见一声祝福。"

面对天池,我用心说着
这句话,反反复复,从下午
到傍晚。静,渐渐围拢

月,已从水面升起。
我还在等候什么?
一缕光,一个瞬间,抑或一道神谕?
水的那边,那些未红将红的叶,
只需一阵风。它们也在等候,
仿佛天地的默契。不,此刻,
天地就是一场等候,
最伟大的等候,让万物做梦,
让水融入光,舞蹈,并吟诵。

我在等候中等候。我在等候着等候。
因为,你是如此美好……

静谧中,高处……

静谧中,高处,
那只手在执着地邀请
你一步步走来,超越声音,

超越哲学和诗歌,将时间
化作胡杨怀抱的幻影,
被天池之水含入嘴里,
又轻轻吐出。仿佛一粒种子,
心灵小小的宝贝,
敲醒石头,渴望花的表情;
仿佛风,吹动窗帘,

2011

吹动一首歌谣和羊的
凝望。一遍遍地触摸。
一遍遍地唤。直到一个意志确定
星空的基调。直到梦举起
绿色的旗帜,插在灯杆山顶,为你
掀起内在的光

博格达,天地在升华……

博格达,
天地在升华,
闪烁的神,照亮整个西域,
在瞬间唤醒
无数只眼,仅仅用沉默
与万物对话,深入
宇宙的思想。

无论你走到哪里,
她都在望着你,望着你。远与近,
近与远,界限消隐。最柔和
又最犀利的目光,同
天池联袂,将你的身心
洗得比洁白更洁白,比芬芳更芬芳,
仿佛巅峰上的雪莲,远离尘俗,
轻盈,却坚韧,自愿
开放成奉献的样子。

"你望着我,我也望着你。"
总有歌声从天边飘来……

襄垣短章（组诗）

老树

其实，村头那棵老树
知晓一切。
可它却坚持着
自己的沉默，
并在沉默中
竭力用金黄的叶遮护
路上残存的印记，
提示后人
从最靠近泥土的角度
去猜测和想象
那段传说中的历史。

兄弟

初次见面，
你就拍着我的肩膀
大声地招呼：兄弟！

我一愣，然后笑道：
是啊，诗人都该是兄弟。

在你热气腾腾的话语中，
我仿佛又回到了
上个世纪的童年。那时，
雨就是雨，风只吹来风，

一场电影就是一个节日。
那时，听从妈妈的吩咐，
无论见到谁，都要叫
叔叔或伯伯，阿姨或婶婶
爷爷或奶奶。那时，
我开心地想：
原来所有人都是我的亲戚，
所有亲戚
肯定都会给我带来糖果和玩具。

夜晚

襄垣，夜晚，
我站在湖边，
一遍遍地告诉自己，
脚下是黑色的金子，
是凝固的粮食。

忽然，奇迹发生了：
我看到
一棵棵树从湖面升起，
洒下一粒粒水珠。

我特意摸了摸额头，
捏了捏脸，
然后确信：那不是梦……

潞潞

潞潞是我的兄长，
也是我的朋友。
我们认识许多年了，
也曾在北京西宁杭州
南京太原等无数个地方
无数次相见。
可每次都匆匆忙忙，
就连喝酒的时间
都没有保证。

到了襄垣，情形
大为不同。潞潞不仅
把我请到房间，还为我
沏上茶，削好一只苹果，
并在温馨的台灯下同我
聊了整整一个晚上。

谈心的感觉，真好！
我到底该感谢潞潞呢，
还是该感谢襄垣？

不管怎样，从今往后，
提到潞潞，我就会想起襄垣，
而说起襄垣，我准会想到潞潞。

夜

把睡眠带给睡眠
把梦带给梦。那人却醒着
看睡眠和梦
在针尖上降落,闪烁

危险的夜。每一声唤
都在泣血
田野在哪里?草药在哪里?
边界在哪里?把问带给问。

星空下,石头,压迫词语
一道光,悬于头顶
那人却在睡眠和梦中穿行
又停顿。捂胸。把黑夜带给黑夜

词 语

词语。词语
刺眼的迷惑之光。仿佛
初春的沙尘暴
把时间挡在时间之外

远处,又在下雪
词语也在飘飞吗?空中
飘浮的海,让目光晕眩
寻找,注定要误入歧途
还不如抛开纸和笔,去听听
石头的沉默,那些会说梦话的石头
那些会流泪的石头,那些
心里藏着石头的石头

石头。废墟。千年的记忆
沉默,终于被沉默击中
九粒种子,从高原掠过,裹挟着风
把词语带给词语

青海，青海

2013

一

八月
青稞快熟了
这嫩黄的语言
会为高原唱出怎样的歌谣

牦牛们已竖起耳朵

二

光的军团
用蔚蓝的兵器
冲击着秘境的门扉

时空被颠覆
天上的摇篮盛满了油菜花

三

云怀揣着心思
在山与山之间吟唱

天籁撒下种子
白鸽在拒绝中飞翔

四

远望
那片梦幻的水
仿佛大地的眼睛
盈满了泪珠
蓝蓝的，咸咸的
每一滴都是一个词语

五

未被污染的草
终于印上了人的足迹

马儿会嚼出什么味道
唯有树知道

六

古城隐藏的念想
从老墙的缝隙中渗漏

偶尔的雨滴
落入塔的掌心

七

高原，山顶
风总在吹
一只手总在挥舞

心，跳得更快
身躯，却不能奔跑
你索性把它托付给天空

八

九月
气候说变就变
四季浓缩成一天

出发时，我带上所有的衣裳
独独忘记了那把伞

九

屏住呼吸
静听
天空又在发布什么命令

我绵羊般低下头，难以违抗

十

昨天
这河还是清澈的
清澈得亮出了所有的谜底

夜间的一场暴雨
仿佛肩负着一份秘密使命
让它变成了黄河

十一

在高原
保持一种姿态
你只能保持一种姿态

否则，惩罚会从天而降

十二

山的这头是雾
那头却是一派晴朗

一声口令，门扉敞开
穿越，仅仅用了九秒钟

十三

重访坎布拉
我找到的
只是那群山水的影子

影子醉了
自顾自在蓝雨中徘徊

十四

高度带来晕眩
景致在晕眩中摇曳

闭上眼睛，你兴许看得更清

十五

一大早
就有人在喊山

梦，提前醒来

十六

这里
人们只用酒说话

必须改变血液
你才能听懂酒的语言

十七

时时刻刻
月山都在望着日山
日山都在望着月山

日月山
大地支撑的深情
让风含着眼泪

十八

来到高原
总会有点反应
身体的，心灵的

红景天,其实是一种暗示

十九

青海湖畔
最后的油菜花
在迎接,也在告别

雨飘落的瞬间
夏天头也不回,大步离去

郁金香时光

湖边的足迹在等待
岛上的林子在等待
风又起,吹动花的姿势
芬芳在等待。整整三天
词语缄默,海却在不停地说
呼吸在等待

舞台旋转。一座城市在等待
话剧即将上演
张爱玲在等待

水在等待。心跳融入光
梦从水面升起。天空在等待
谁曾在冷中走来
谁又在暖中伫立
嘴唇写着诗。眼睛唱着歌
等待在等待

远处。紫色的意蕴
启开五月之门。那片山坡
迎来郁金香时光。你在挥手
你在笑。木屋在等待

草原,胡杨,布拉格城堡
暗影摇曳中,沙漏在提示
星光,将在子夜时分把你照亮
蜡烛同影子在等待

凌晨四点

我已忘记
自己是怎样醒来的
醒来,才发现:
刚刚凌晨四点
索性起床
在书房坐着,半睡半醒

声声鸟鸣,从窗外传来
强调世界的静
那些鸟儿,在清晨
仿佛都有急切表达的愿望
那些鸟儿,它们在说什么

我听着它们,
却永远也难以明白它们的心思
鸟鸣,同歌声混合在一起

同阴影混合在一起
凌晨四点
梦,悬在空中
词语,在重新组合

雪下着

雪下着
渐渐的白，扩张的白
白得有点耀眼，白得有点专制
你需要戴上墨镜
才能去注视那大片的白
那大片的白，忽然就变成了紫
葡萄的紫，眼含的紫
酒，停留于内心
是光在变魔术，是光与雪在合谋

空中
一个声音，坐在雪片上
飘浮着，降落着，在湖面，投下紫的影子
忽然的静

远 处

一个声音
就能把远处拉近。或者一滴雨
仿佛某种提示：动和静
或者早晨的空茫
你用油菜花和风将它填满
或者桥边的船。等待
风景与风景的对接。梦和灵魂
肯定在飞。而你在走
就在水边，就在田埂上。或者
三清山的峰顶。光躲藏在雾里
融入紫色的基调。那么多游客
涌向同一块石头。你却走开
远离女神和膜拜。或者雨后的
微寒。季节在测试你的温度
或者婺源之夜。所有的星星
都有着一个名字。新茶端上
酒杯举起。一个孤独者醒着
一个幸福者入眠。一个声音
就能将界限抹去

风景背后
——献给昭苏草原

2013

风景背后，那老妇端坐，如一尊
泥塑，干涸的泪融进土里，触动
几粒种子，唯有目光还在
挖掘，茫然，却又执拗……

顺着那目光，我们看到，
曾经的青春和不曾经的爱情
在阵阵的回声中枯萎
连同记忆，连同梦，落叶般飘零，
风吹雨打，最终化为
一些叫得上名和叫不上名的花儿
用最卑微的芬芳
装点着世间最香的边境

我们看到，那么多双手伸向高处，
擦亮天空和星星，擦亮
游客的惊奇，再缩回
草原深处，唯恐皲裂的皮肤
和粗陋的青筋会损坏
薰衣草营造的形象。而不远处的

河水，似隐约的哭泣，一刻不停，
翻山越岭，为一代代的牺牲
吟唱安魂曲。风景背后，松拜
像一首暗藏针尖的民谣，
叩击我的心扉，又刺痛我的骨髓

虚空：哥哥

那虚空其实一直在扩张
在节日的门槛终于
扩张到压迫心脏的地步
那虚空其实就是天空
充满你纵身一跃的背影
如此的沉重，像座大山
悬于头顶，同时又单薄得
能被一缕风刺穿

哥哥，我的哥哥……

此刻，那虚空其实就是
不过也得过的年，就是酒杯
举起又放下，就是夜色一次次
被烟花和爆竹点亮，我却怎么
都看不清你，就是电话线的那一端
你总是爽约，用沉寂替代新年问候
天空太高，世界太冷。此刻
那虚空其实就是你，也是我
独自站在黑暗的中央
想拼命地喊你，却发不出任何的声音

哥哥，我的哥哥……

那些重新走近的辰光

2014

风吹着，吹着，就吹开了一片岁月
五月，在祖国的另一端，遥望故乡
是怎样的结，一遍遍地
让它们分开，又聚拢
童年和少年，被一个个身影
拉近，再拉近，一瞬间
回声和脚步重叠，竟长成了竹林

我看着你，你也看着我，好吗
太早了，世界还没醒来
光线幽暗，前方总是朦胧
我们索性往回走，走到
那些穿开裆裤的辰光，打弹子的
辰光，拍烟盒的辰光，吃大饼油条
和阳春面的辰光，在课桌上
划分界线的辰光，头一回和女同学
说话脸红的辰光，做春梦的
辰光，看禁书的辰光，在弄堂里
读英语的辰光，偷偷骑大人
脚踏车的辰光，夏天游水的
辰光，凌晨五点起床
去参加农忙的辰光，到部队农场
看露天电影的辰光，渴望着
穿上军服当小兵的辰光……

那些辰光，飘浮着，在江南的上空，
在太湖边，在古镇上，在梦中
在老同学酒杯与酒杯的相碰之间

在班主任老师的笑容里
茉莉花般开放,如此的亲切
如此的纯真,却又迅疾消逝

世界还没醒来。你看着我,我也看着你

2014

子夜，雪

2014

子夜，刚要拉上窗帘
便看到了那飘舞的雪。是天空
在变魔术吗？我不由得问
已经等待得太久，在这暖和的
冬季，以至于忘记了等待

雪是上帝开出的通行证
我一直坚信，一下雪，春天
就会整装待发。那么
此刻，我终于可以弯下身来
听听种子的呼吸
感受花开的颤栗。我终于可以
沿着一行神秘的足迹，重返
久违的童年。十岁之前
在南国，除了电影里，我还
从未见过雪，真正的雪
因此，天天都在巴望着下雪
天天都在想象着下雪时的情形

很长一段时间，我甚至想：
如果下雪，我会冲出门去
迎着雪，接着雪，再堆个雪人
做成隔壁阿玲的样子，我会
整天陪伴在她的身旁
把自己的心思统统讲给她听
只讲给她一个人听

七月隐喻

偏偏在七月，
偏偏当炎热和雾霾占领日常，阻隔气流，
城市的体面丧失殆尽；
偏偏当水堕落，栅栏竖起，
语言让位于金属，呼吸成为奢求；
偏偏当城墙下陆续出现片片暗影，
时光倒流，旧梦重现，可唐朝永不复返；
偏偏当你即将关上窗户，不再理会
随意的鸟鸣和肆意的噪音时，
一份邀约抵达，似魔法，又像暗号，
只在瞬间招了招手，
就将远方变成近旁，变成一场典礼
和八条路径，同时敞开，通往特克斯，
通往喀拉峻草原，通往文学的新家
触手可及的蓝在头顶闪烁，
天生的蓝，童年的蓝，夜晚十点还在守候的蓝

仿佛听到了绝对命令，我们甘愿为云输送给养
甘愿俯下身来，倾听并翻译草的私语，
甘愿坚定地站在马儿一边，
用凝望抹去时间的轻和重，
等待星空、篝火以及翩翩起舞的女子，
等待阿苏迷惑却又深情的歌声
为我们作证：至少此时此刻，
这世界依旧完整，健康，犹如
那一只只白色的毡房，草原的乳房，
饱满，性感，温暖，溢出万种风情……

2014

可当我踏上归途，陷入追忆，
这一切的一切，
听起来无论如何都像是个隐喻，无限的七月隐喻

2014

树在走

树在走,我在走
水中的影子在走
一步,一步
没有印迹,只有心跳
走,就是心跳,也是呼吸,也是唤
绕湖两圈,三千声的唤
我在唤,水在唤。时间诞生了
风寻到了理由
一个名字,升上云端
又静静降落,敲醒石头的梦,花开,说春的私语
在湖面,映出天空的脸;从酒里,提炼葡萄

把那本书打开,所有的字在瞬间消失
世上最深情的空白。唯有你懂
简单的光。暖暖的。仅仅一个眼神
走,义无反顾地走。远处,雪在飘,雪也在走

2014

冬夜，梦游

两瓶小二锅头
也没能唤醒丝毫的暖意
这冷得要命的冬天

风中，依然在想那个夜晚
依然在想你，从天边的石头城
跑到北京，来到建国门五号
挽起我的手，沿着长安街走

我们走过国际饭店
走过妇联，走过东单
隐隐约约，听到了进行曲
夜色里，东方新天地
像仪仗队，用灯火行注目礼
我们走过王府井，南河沿
下意识地挥了挥手
就来到了天安门广场

突然，仿佛有人发出了暗号
我们同时停住脚步，转过身
正对着毛主席像
紧紧地拥抱在一起

有毛主席他老人家的
凝望和祝福
有持枪卫兵的保护
我们的拥抱多么温暖
多么安全，又多么庄严

那一刻,我甚至产生了冲动
想模仿毛主席当年的样子
穿上中山服,拍着手
款款地登上天安门城楼
用颤抖的声音
向全世界宣布:
中国人民从此站起来了

那一刻,起码你会为我鼓掌

开化，花开的时刻

一

雾霭中，那一声呼唤
犹如一道密令，只须转过身来
我就站到季节的前沿，就用水
洗净淤积的尘土，逃离般
奔向开化，迎接温暖的宿命

二

一缕缕光，源自根
又照亮根，照亮夜色和夜色中的
绿意。叶子竖起耳朵，佛的呼吸
以雨的方式，融入时空，融入
一朵朵秘密开放的花

三

兴许佛知道：存在着一份默契
在那双手和那些根之间；存在着
一个意志，深入根的内心，读懂
他们的渴盼；存在着一条小径
经由根的曲线，直抵天空的蓝

四

而水常常就是光，就是口音
就是酒，就是另一种根，滋养着

我的乡愁，就是最深刻的静
在子夜时分，踏上另一片土地
寻觅自己的故乡

五

但佛不语，只是微微笑着
微微笑着，就听见雨叩门扉，
就能把远处拉近，再将虚空填满
根在发力吗？到底根是佛，抑或佛
是根？佛晓得，但佛不语

六

一刹那，童年再现，琴音传来
我们重新启程，循着一条江的
气息。雨中的油菜花召集起
全部的清新和芬芳，只为了向根
致敬：江也是有根的，江的根名叫源头

七

开化，花开的时刻
根的凝视，让游子一再地
停留，用心跳替代祝福
开化，花开的时刻
少女挥笔在水上写下：花开见佛

2015

痛压迫着
——悼常婧

2015

痛压迫着。阴霾压迫着
痛，渗入阴霾，压迫着
阴霾，加剧痛，压迫着
梦压迫着。沉默压迫着
醒后，一个名字压迫着
光压迫着。空气压迫着
这一念头压迫着：
周二，常婧不再来，永远不再来
时间哭泣时，雨压迫着
被雨打湿的天地压迫着
深渊压迫着。
深渊中不断升起的你的微笑
压迫着。你捍卫真情的自虐姿态
压迫着。还未写完的文字压迫着
书页压迫着。白桦林压迫着
除了等待还是等待的等待压迫着
终于举起的手压迫着
酷夏飘落的雪压迫着
没能盛开便已凋零的花语压迫着
蓝色的叹息压迫着
陷入重围的美与善与好压迫着
压迫的影子的影子压迫着……

呼 吸

围困加剧
不得不再一次求助于
那首船歌，它从江面飘来
饱含着水意，只轻轻一拂
就将昏迷的时光唤醒

这一刻，世界渐渐缩减
渐渐清晰，最终还原成
一条江的样子，还原成
赫哲人眺望的神态
还原成滚滚的歌声和涛声
在蓝色波光的指引下
融入童年不绝如缕的回音：
乌苏里，乌苏里，乌苏里……

我蓦然举起手臂，仿佛
在迎接星空颁布的绝密口令

句 号

那本该是一个句号
时间蒸煮,它不断膨胀,虚化
显出缺口
大片的云涌入,填塞空无,又在
加固空无,最终派遣一滴雨
去同世界抗衡

暗 夜

这一刻
你在为想,而想
你在为梦,而梦
你在为等待,而等待

这一刻
所有的词语,都陷入夜色
想,梦,等待
它们在自动行走,自动发出声音

这一刻
天空的镜子,只照着一个身影
那身影,挣脱时间,又围困时间

水 鸟

2016

绝没有料到
水面上也会冷不丁地
冒出带着斑纹图案的障碍
这难道是天空投下的幻影?
水鸟眨了眨眼
小心翼翼地游近,用喙试了试
又赶紧缩回。该如何是好?
该如何是好?水鸟停在水中
琢磨着,迟疑着
仿佛有三条路摆在面前:
折返,潜泳,或者飞翔
三条路,三种可能,三个方向

只见那水鸟先是折返,游了
几步,随后转身,一个猛子
潜入水中,片刻之后又在
障碍的那边,露出头颈
最终奋力一搏,飞了起来
朝向天空,朝向自己所认定的
远方,将三条路变成了一条路
三种可能变成了一种可能
三个方向变成了一个方向

那水鸟才有资格谈论自由
可它却什么也没说
它已什么也不用说了

记　忆

每年同一天，被某只
无形的手拖拽着
她都会来到那座码头前
从东到西，再从西到东
走了一趟，又一趟
仿佛留下足印，随即
又擦去足印；仿佛
唤醒记忆，随即又
删除记忆；仿佛这一刻
既是自己的提词员
又是自己的消音器
既要当逗号，又要做句号

那一夜真的存在过吗
疲惫和晕眩中，连她自己
都禁不住发问。这时
一个个暗影紧紧跟上
以否定的方式肯定了
她的疑问，但她自顾自
不停地走着，走着
已听不见任何声音
已看不到任何迹象
只是决意要走满二十七圈

时间之水

雨滴聚集
时间之水暗涌

有些事物竟然越洗越清晰
越洗越锐利，越洗越生动
甚至变成一只只眼
长在树上，扎根于天空
闪着幽蓝的光

只要抬起头，你就能看见
那一只只眼正望着
天下万事万物，专注，深入

雾 霾

陷入雾霾 2
人们不得不戴上口罩 0
言语受到限制 1
内心独白 6
却一刻也没有停息……

南 湖

此刻,再度站在南湖边
我看到的是南湖的影子
南湖的影子的影子
影子起舞,影子吟诵
影子飘飞,影子聚拢
影子和影子对饮
影子将影子颠覆
影子把持着君山岛的寨门
只听口音,不认文书
影子晕眩,陷于困惑
影子同水同光接头
将《岳阳楼记》作为暗号
影子在影子里
在影子的影子里
发动空气,追随召唤
不断地掀起一场场暴风雪

岳阳楼

十万人在吟诵
声音和声音合并，统一
声音占领高空，湖面
一座座岛屿
被任命为
这座城市的形象代表
唯独那个女孩
一时走神，竟抬起头
迅速望了一眼岳阳楼
又迅速低下了头
脸颊通红，仿佛犯了
一个不可饶恕的错误
十万人在吟诵
十万张面孔，在那一瞬间
变成了一张面孔
那个脸颊通红
却无比清纯的女孩的面孔

2016

君山岛

仿佛一夜之间
水退去
游船失去踪影
十里荷花移植到记忆里

仿佛一夜之间
君山岛变成了半岛
那一座座桥凭空升起
顶着荷花的夏天大步远去

仿佛一夜之间
少年两鬓斑白
陷入前尘往事
老人的气息在空气中弥漫

而此时此刻,柳毅井旁
站着另一名女子
牵着孩童,妩媚,迷人
却说着一口我听不懂的方言

秋 夜

秋夜,那只白鸟
始终陪伴着
不离不弃,不远不近
掏空我的心
又一点点将它充盈

存在之光闪烁

豆豆没了

2017

日子是空洞的，是苍白的
就因为没了豆豆
没了豆豆，时空是涣散的
是死寂的。节奏，韵律，光线
风，雨，雪，种种的消息
统统没了，就因为：豆豆没了

豆豆没了，我才充分意识到
一个逗点的分量和意义
一个逗点有时比一座山还重
有时又比一滴水还轻
这一点别人不会明白
可我明白

豆豆，豆豆，豆豆
一眨眼
豆豆已从逗点变成了句号
来世
豆豆还能从句号变回逗点吗

谁知道呢

从此，我的生活少了一个逗点
就像少了一个机关
那机关牵动着我全部的身心
全部的生气
全部的哭和笑的神经

泪

我始终憋着一滴泪
一滴泪
就是一个逗点
就是豆豆
我始终憋着
不让一滴泪
从眼眶滚落
否则
豆豆就真的没了

疼痛：豆豆

2017

此刻
我在想念豆豆
豆豆肯定
也在天上想我
我们彼此
想念的时候
疼痛
就会踮着脚尖走来

这是世上最甜蜜的
疼痛
为我带来
我一直渴盼的消息
我知道，我知道
豆豆正用
她的小爪子
一遍遍地
抓挠我的心口呢

只不过
她还是那么鲁莽
那么冲动
一点不知轻重
每一下
都仿佛
咬牙切齿的样子
每一下
都好像

要决意刨出一条
重返人间的路途

2
0
1
7

子夜深处

每到子夜
门就会自动打开
一道影子就会悄悄走近
冒一下头,嘀咕几句
然后又隐入夜空
将余下的时光
留给那双睁得大大的眼

圆 圈

从海边出发 2
又回到海边 0
仿佛画了个圆圈 1
挂在时间的枝头 7
想圈住豆豆
可那圆圈是水做的
一阵风，就能将它吹落
像眼泪，却无法流淌……

脆 弱

我在深夜独饮
同时品尝绝对的满
和彻底的空

我登上山峰,一抬头
发现自己其实在低谷

我怀疑,宇宙也仅仅是块冰
终究会被一道伟大的光融化

可那道光,那道光到底何时诞生?

天山，傍晚

我站在这里
时空中的一个逗点
如此渺小，卑微
又那么醒目，独特
仿佛被一只魔幻之手缩减，放大
仿佛从一朵优钵罗花
看见自己，倒影
在不知不觉中飘向峰顶

这是神奇的时刻
天山，傍晚，雨说下未下
恰似虚晃一枪的悬念，驱走了
游客，却留住了诗人，他们
或沉思，或自语，或张开双臂
顶天立地的样子
而我站在这里，又一次成为了我
时空中的逗点，仿佛找到了
临时根据地，足足三分钟
沉湎于突如其来的念想：
衔接一个以天山开头的
句子，不顾语法，冲破意义
溢出具体、干净而又辽阔的光线

忽然，一阵汽车喇叭声鸣响
我明白，夜色降临，该下山了

鄂尔多斯之夜

此地
此夜。世界简单，只有歌声回荡
呈现酒的形状，水的形状
火的形状，蒙古包的形状。此地
此夜。你和我，朝星空生长
听歌声渐渐唤醒沙子的耳朵

那些来自都市的男人和女人
沐浴在歌声的圣水中
清澈，干净，瞬间诞生的
孩童，忘记了归途，沉醉于
草原上的游戏。此地，此夜
马背是窗，人类只说村庄的语言

歌声流淌，神秘之手挥动
一扇扇门扉，一条条隐秘通道
敞开。细雨飘洒，滴滴击中
树叶的心。一场典礼
即将拉开帷幕。此地
此夜

在杜甫草堂，做了一个梦

杜甫
站在草堂
望着来自各国各地
白皮肤、黄皮肤和黑皮肤的诗人
他的目光瞬间成为
名副其实的世界语
只须看一眼，心就会被击中
眼里就会流出感动的泪
只须轻轻说一声 Du Fu
就会有人走上前来，紧紧握着你的手
微笑着唤你：兄弟！兄弟！

兄弟！兄弟！
真的响起了几声呼喊
一下子将我惊醒
原来是晓明在叫我
快快上车
原来我只是坐在杜甫草堂
正午的光中，做了一个梦
一个好几个月来总是
让我念念不忘的梦

我明白，从今往后，每每
重温此梦，我都会想到远方那座城市
而每每想到远方那座城市
我都一准是在重温此梦

五 月

叶子被照亮
神圣的火,是五月
抬起腿,冲破子夜的栅栏

空中,水在聚集
雨滴穿透黑暗,让星星立正
听从源头的吩咐

夏季终于来临
男人打开窗户,寻找湖边的女人
那女人中的女人

而此刻,天与地,说着同一种语言
踏上了同一条道路

即 景

雨中　　　　　　　　　　　　　　　2
透明的荷　　　　　　　　　　　　0
天空流淌的温柔　　　　　　　　　1
　　　　　　　　　　　　　　　　8

时间被浇灌着
敞开的花
像一朵朵泪
让大地
生出无数只眼睛

角 度

光，抵达极地
渗出阴影
仿佛爱意中的
一点妒忌

你最好倒退几步
再倒退几步
就像从远处
望着那片
被薰衣草覆盖的原野

一只大鸟正朝你飞来

广场中央的奥维德

可怜的奥维德
再也写不出诗歌了
这么多的车
疯子般从他身边驶过
这么多的流浪狗
随意在他脚下拉屎撒尿

可怜的奥维德
被青铜牢牢套住
就连呼吸的力气都没有了
不然，他肯定早就
迈动双腿
再一次踏上流亡之路

杜甫像

杜甫一定后悔
过于匆忙地
为全家盖建了草堂
他原本只是想
在荒郊野外
享受一点点清静

没料到自己最终
被变成一尊雕像，置于
草堂中间
杜甫其实最最鄙视
那些虚幻的雕像，总是
和它们保持着距离

如今
每天都有大批的游客
涌进草堂，争先恐后地
与他合影留念
遗憾的是，一百个人中
九十九个
压根儿就没读过他的诗篇

诗 歌

闷热中　　　　　　　　　　　　　　2
我们该逃向何方　　　　　　　　　　0
　　　　　　　　　　　　　　　　　1
而雾气弥漫　　　　　　　　　　　　8
天和地的界限已被抹去

唯有诗歌还在做梦
像一个脑袋
不开窍的学生娃

风吹来那些亲人般的名字
——重访连云港

2018

仅仅走了几步
海就突然出现在面前
我凝望着海面
三十五年的时光
绿皮车满载的记忆
在一朵朵波浪中苏醒，闪烁

海其实一点没变
可近旁的城市已难以辨认
我真的来过此地吗？
我一遍遍地发问
总有一缕缕风在执着地
吹来那些亲人般的名字：
墟沟，新浦，灌云，花果山……

失散太久，兴许唯有悟空
能帮我一一找回
曾经的青春的印迹
在水湾，在岛屿，在沙滩
在玉女峰
或索性在空气中

第十二夜

再过几个小时
我又将从春天退回到冬日
从芬芳的南国退回到寒冷的北方
于我,这是个严重的时刻。我听见
一些人在笑,另一些人在哭,无缘无故
而你们正向我走来,源源不断
共度了第十二夜,我们就是灵魂的
兄弟姐妹,在诗歌人间,水偏偏要向
高处流,叶子偏偏要向天空飞。于坚
韩东,小海,普珉,庞培,毛子,朵渔
唐成茂,邱红根,张枚枚,何山,侯知佩
陈秦少浮,齐霁,杨媚,刘晓莹……此刻
当天空空等大雪,念着你们的名字,我就
想到了屈原,我就感到了诗味,我就看到
动车穿过故乡,每一滴水都生长着灵魂的
骨头,窗纱外,莲和栀子花微开
回答月亮的口令,而山中
剧场,无用的诗剧,让我彻底忘记了
岳阳楼的瞬间……

清明，感谢

礼数退后
在太亲的亲人之间
就像我对父亲和母亲
从未说过谢谢那样

我甚至相信，如果那么说
父亲和母亲也会感到
别扭。他们会向我
投来怪异的目光
就仿佛在看一个陌生人

父亲和母亲
再也不会看着我了
此刻，他们正肩并肩
躺在地下休息

又到清明
我突然特别特别想
对父亲和母亲说声谢谢
虽然这极有可能会
搅扰他们的安宁

五月，在义马

一

在义马，空气
如此纯净，水如此清澈
就连各种声音
都会纷纷现出形状

而一棵棵树在听
在看，并通过摇曳
或静默
宣布自己的评判

二

在义马，我终于可以
停下脚步，凝望一片叶
五月的光中，那片叶
是半透明的，就连浮尘
就连最最微妙的表情
都清晰可见。那片叶
甚至张开嘴，想说点什么
可就在此刻，一阵风起
将词语吹散

三

在义马，千年古街
那个男孩久久地望着我们

目光里含着泪意
那一刻，于他，我们兴许
就是远方，就是希冀
就是不一样的未来

而我们中间又有几人
能用足够的诚实
去迎接那个男孩的目光
我不禁问道

四

在义马，子夜时分
我做起了梦，梦中的梦
梦中的梦里，我变得如此
自由，勇敢，精神，
竟然舒展开手臂
竟然听见了心跳，竟然
一步一步走向山峰
并拼命地呼喊一个名字

梦中的梦里
一切都是真的
梦中的梦里
我终于成为了我自己

五

在义马，我陷入沉默
在义马，我只能沉默
细细听和看，你会发现：

春秋的词语从古墙的
缝隙渗漏,唐朝的声乐
从地底传来,杜甫的吟诵
在石壕村响起
一只无形的手刹那间
就能将过去与现在打通

在义马,我被存在的意义
围绕着,只能将沉默
当作敬意,当作最高的表达

六

在义马,我遇见了那么多
老物件:老电话,老油灯
老打字机,老茶缸,老检测仪
老喇叭,老电影胶片盒……
我承认我喜欢它们
因为它们的朴实,它们的坦诚
它们的谦逊,以及它们
无比的韵致

灵魂大概就是它们的样子
我自问自答
看到它们,我几乎失去了言语
只会不断地说:
岁月,岁月,岁月……
一声比一声更轻
轻到唯有光才能听见

七

在义马,蔚蓝的背景下
想念一个人,想象一种情景
没有言语,只有空白
最深情的空白
最神圣的空白,会飞翔的空白

献上一颗樱桃,义马的樱桃
晶莹,甜蜜,动人心魄,如珠玑
又似印章,盖在土地的签署令上
在夏季来临之际
开启一项古老又神秘的事业

微风吹拂的一步
——献给庄子

八月,商丘
只差一步,我就将抵达庄子故里
只差一步,紧要的一步
艰难的一步,微风吹拂的一步
这一步兴许要用一年,两年,三年
兴许要用十年,甚至一辈子
这一步里,我必须清空所有的浊气
必须摒弃一切的功名利禄
必须用心,再用心
只播下宁静的种子,并且期盼着
有一天能依凭谦卑的阶梯
登上时间的峰巅,望到哪里
哪里都是一片片宁静之花
宛若无限展开的白,打通天地……
那时,我正凝视山水,正凝视
自由飞翔的鸟儿,早已忘了
需要迈动的那一步。可偏偏在那时
抬起头来,我会看见
庄子故里的大门已向我敞开

商丘之夜

商丘，临近子夜
隐约的光中，奇迹终于发生：
一瞬间，热潮退去
喧嚣消弭，只听见几声细语
几缕乐音，仿佛穿越而来
丝丝缕缕，轻柔，却贴心
却震撼，直至让我看到了雪
从水的那边飘来
飞舞着，闪烁着，纷纷扬扬
在八月
在庄子故里近旁
在时空彻底被颠覆和消融的门槛

大运河，渐渐醒来的种子

印象中，它不远也不近
始终停留于言语之中
日常之外，直到童年某个午后
父亲挥了挥手，决定要带我们
去看那条河

大运河，这就是大运河
父亲只说了这么一句，把其余
都交给了我们的目光：

南来北往的驳船，风中的桅杆
水流的韵律，桥顶的身影
船篷上冒出的炊烟
纤夫随时被水抹去的足迹
还有泥沙中半隐半现的古币……

不得不承认，许多年里
尤其是在远走他方之后
我甚至完全忘记了那个午后
看到和听到的一切

半个多世纪过去了
父亲不在了，大运河还在流淌
这一回，故乡挥了挥手
游子归来，独自坐在河边
听着轻轻的水声，那个午后
忽然变得清晰，并且在瞬间
照亮了一些写在水面上的词：

寂静，远方，朦胧的震颤
时光的印痕，回音，想象
诚实的汗珠，风之手，水之音乐……

原来这一切早已埋在了我的心里：
大运河，渐渐醒来的种子
那个午后，父亲送给我们的启蒙礼

七星岛湖边，那片星空

夜已深，可我们还是
要去寻找七星岛湖，它
就在归于宁静的厂区
就在近旁，我们甚至
都能闻到水的气息
只是夜色将它藏了起来
仿佛父亲藏起不舍得
嫁出去的姑娘

幸好，光伸出了手
来自水面的光，激发黑天鹅
灵感的光，引导我们
一步步走近七星岛湖
那光的源头

湖边，抬起头
我便看见了那片星空
奇迹一般，我在瞬间
被带回童年
那时，我们几乎天天
都要看看星空，天天
都要和星空说说话
星空自有星空的语言
星空的语言唯有孩童能懂

几十年过去了
而此刻，我望着星空
惊奇，激动，幸福

想起小王子
却丢失了所有的词语
只在静默中不住地点头
欢笑，但愿星空
能发现并接受我久违的致意

雷雨，片刻之后
——给东湖

片刻之后，我明白
那场雷雨只是一种挽留
只是一份邀约，只是
为了在雨后让我从容地
踏上绿道中的绿道
一步，一步，走进珞洪区
白马区，吹笛区，落雁区
磨山区和听涛区；一步
一步，走进洗礼后
妩媚，恬静，眉清目秀的东湖

那场雷雨只是在成全，
只是在铺垫，只是
让隔了三十五年的
两个瞬间对接，融合
青春与孤独拥抱
只是让我站在湖边
打开一本书，而奇迹就在
风起的刹那上演：
字印在水中，摇曳的意义
用多少种方式呈现
我便可以用多少只眼睛
去发现东湖之美

那场雷雨只是让我
同东湖共享半天贴心的
私密，只是让我记住

在时见鹿*诗人张执浩
悄悄传予我的口令
只是为了让我一而再
再而三地停驻，再停驻
并发誓一定要学会
水的语言，风和树的语言
鸟的语言，荷和鱼的语言
光和影的语言
还有船和桥的语言

那场雷雨只是捎给我
一句话，让我在秋日重返时
再对东湖说

* 时见鹿，东湖边的一家书店。

独　唱

合唱团演出时，
他总是跑调
不可救药地跑调
引起了众怒

他们终于忍无可忍
经过表决
一致决定将他开除

就这样，他来到旷野
湖边，山脚下
林中空地，成为一名
独唱演员

石头里藏着他们的秘密礼物
——在艾青故居

2020.8.31

回到故乡，他笑了
像个满脸皱纹的孩童
此刻，他又迎着毛毛雨
站在家门口
望着双尖山，仿佛
望着失散多年的亲人
想说些什么，但最终
什么也没说

在过于喧嚣的年代
凝视和沉默才是
他最心仪的语言
也是他早就认定的
最高级的诗歌语言
这是双尖山教会他的语言
也是大堰河教会他的语言
云，树，风，太阳
溪流中的小鱼，泥土里的
种子，田埂上的农人
闪烁着光的水面
流淌着汗的稻穗，不断
丰富或精简着这门语言的词汇

我来到金华，畈田蒋村
在离他故居五米的地方
停住脚步，决定
不再靠近。所谓的致敬

有时也会是一种骚扰
就让我们的诗人
沉浸在他和双尖山的世界
恍惚间
我看见他们同时举起了手
并同时扔出了一颗石头
无人知道
石头里藏着他们的秘密礼物

2020.08.31

献红领巾的小女孩
——在艾青小学

2020.8.31

欢迎仪式上,
献红领巾的小女孩,
突然忘了老师教她说的话,
满脸通红,怔怔地望着诗人。
"小女孩,你真漂亮!
你今年几岁了?
有什么话想对叔叔说吗?"
诗人蹲下身来对她问道。
小女孩顿时露出了笑容:
"叔叔,我今年七岁了,
你能教教我怎么写诗吗?
如果我会写诗,爸爸,妈妈,
同学,老师就都会喜欢我了,
就像喜欢艾青爷爷那样。"
"没问题的,哪天你能
像星星,小草,蚂蚁,溪水
双尖山那样说话,你就会写诗了。"
小女孩有点困惑,显然在想:
"诗人的话可真不好懂。"
但出于礼貌,还是点了点头。
望着小女孩纯真的表情,
诗人却固执地相信,
她总有一天会懂的,
因为她是艾青小学的学生。

梦中梦

夜色如梦如镜
我看到六岁的自己
赤裸着，站在童年的
弄堂，透过窄小的
天空，朝向星星
发出诚挚的邀请
一遍，又一遍
然后竖起耳朵
踮起脚
期盼着星星的回音

星星只会光的语言
梦却懂星星的语言
该睡觉了，孩子
一睡觉，你才会做梦呀
父亲说着
搂着我走进屋里

从此，我常常
在夜色降临后闭上眼睛
等候着梦，梦一来
我就能和星星说话了

不知不觉间
父亲已成了我的梦
每晚，父亲都
站在夜色中，看看我

2020.9.2

再看看星星
用笑意点亮我的泪花

2020.9.2

诗 人

即便戴着口罩
我还是远远就认出了他
依据他略略眯缝的眼睛
依据他慢了三拍的节奏
依据他看湖水和稻田的样子
依据他唐突却又绝对自然的
偏离，停驻，仰头，招手
大哭和大笑
在无人的旷野里

没错，他是诗人

雾里重庆

雾里重庆
雨和梦,难以辨别
当代和唐朝
仅隔着一叶芭蕉

雾里重庆
童年回到歌乐山上
等待从磁器口开始
水流淌,天地不再言语

雾里重庆
夜色热烈,神秘
在闭合之间,递来一把钥匙
只要闭拢眼睛,你就会发现
一个女人,正领着你走进果园

雾里重庆
突然的暴雨性情急躁
刚到凌晨三点,就拼命
敲打着门窗,非要把你叫醒
将洪峰逼近的消息,送到你的床头

镜子前

我站到镜子前
摘下口罩
一下子惊呆了
一个全然的陌生人
正站在镜子里
同样惊呆地望着我
目光呆滞,神情沮丧
嘀咕了几句
我听不太懂的话

这个陌生人
从此将与我形影不离
叫我时刻不得安宁
想到如此前景
我的惊讶转为愤怒
恨不得将镜子
砸个稀巴烂

这可是面钢化镜子
坚固无比
准能挡住你的拳头
陌生人冷冷地说

这句话
我却听得明明白白

布拉格即景

2
0
2
0
.
9
.
4

布拉格，九月的一天
卡夫卡纪念馆小院里
我坐在一个角落，看
一波波游客涌进涌出

百分之九十九点九的
游客停在一组雕像前
傻笑，那是两位男子
面对面撒尿，我发现
好几个姑娘都在抢着
上前与他们合影留念
有个姑娘甚至借助手
做出男人撒尿的样子

整整一个下午，唯有
三名游客迟疑着走进
那属于小说家的世界

真没想到，这么多年
过后，孤独之光依然
在卡夫卡的头顶闪烁
照亮世上最震撼人心
最持久的骄傲和独立

重 逢

甚至连灯光也过于喧闹，
会惊醒正在睡眠的珍稀鸟儿。
我们小心翼翼地在湖边
走着，尽量省略言语，尤其
在迈上台阶的时候。雨
下下停停，时急时缓，恰似
江南初秋的心绪。那一刻
雨声和水声已无从分辨。
"路有点滑，我挽着你吧。"
你伸出手来，没有一丝迟疑。
我甚至怀疑疫情是否存在过，
八个月的焦灼和绝望会不会
仅仅是虚构。我们手挽着手
在湖边走着，始终撑着伞，
从路的这一头，走到那一头，
再从那一头，走到这一头；
谁也没有发现悄悄从云间
冒出来的月亮，谁也没有注意
树梢上挂着的闪烁的水珠，
雨其实已经停了半个钟头了。

2020.9.5

江南，微雨之夜

2020.9.5

江南，微雨之夜
灯光变幻着水的表情
意志的游轮
冲破所有的界限。逃离
或归来，只在瞬间完成

时节支离破碎
几重召唤生成的心跳
注定一场急救般的相逢
兄弟们伸出手来

围困太久
短暂的解放和自由
恰似戴着口罩的幻觉
又像铺上落叶的陷阱
试探着我的神经、五官
笑和哭的本能

江南，乡音中的童年
已经变形，老屋已经拆毁
晚场露天电影已经取消
让念想无处落脚。江南，江南
请你原谅，今生，我已无力
将你赞美，却情愿在你的
注视下，一次次流下内向的泪